AF235987

Erotische Kurzgeschichte für Frauen

Just One Dance

Elena Morelli

Alle Ratschläge in diesem Buch wurden sorgfältig erwogen und geprüft. Eine Garantie kann dennoch nicht übernommen werden. Eine Haftung des Autors beziehungsweise des Verlags für jegliche Personen-, Sach- und Vermögensschäden ist daher ausgeschlossen.

Alle Rechte, insbesondere das Recht der Vervielfältigung und Verbreitung der Übersetzung, vorbehalten. Kein Teil des Werkes darf in irgendeiner Form (durch Fotokopie, Mikrofilm oder ein anderes Verfahren) ohne schriftliche Genehmigung des Verlages reproduziert oder unter Verwendung elektronischer Systeme gespeichert, verarbeitet, vervielfältigt oder verbreitet werden.

Just One Dance

Welche Worte braucht es, um eine Frau zu erobern? Welche Verführungen bringen die Lust in ihr zum Vorschein? Und welche Dummheiten kann diese Lust bewirken? Jede Frau wünscht sich, begehrt zu werden oder von dem Mann, den sie liebt, berührt zu werden. Aber leider gibt es auch Lust ohne jegliche Gefühle. Was macht den Unterschied? Wenn man mit einem Mann, den man nicht kennt, ins Bett steigt, und dabei die Lust mit ihm in vollen Zügen genießt, ist es nicht aufregender? Ist es verwerflich? Und reicht nur ein Tanz, um sich dann in diesen Mann zu verlieben?

„Geht es dir gut?" Schnell blickte ich hoch, in die himmlisch blauen Augen des Barkeepers. Er schaute mich besorgt an. „Äh, ja, na klar", sagte ich hastig und nahm noch einen Schluck meines Gin Tonics. Die Bar war überfüllt, Menschen tanzten, tranken und amüsierten sich. Ich will nicht wissen, was sie sonst noch so auf den Toiletten trieben. Ich war eigentlich nur wegen des überraschend billigen Alkohols hier. Und vielleicht auch wegen des charmantem Barkeepers, an dem ich Gefallen gefunden hatte. Vielleicht. „Du bist ungewöhnlich ruhig heute.

Mir wird schon ganz langweilig", sagte mein Gegenüber, dessen Namen ich immer noch nicht wusste, obwohl es schon mein zehnter Besuch hier war. „Ich war in Gedanken, entschuldige." Und schon wieder kam die komische Stille hoch, die uns heute schon oft überkam. Und ich Idiotin schaffte es immer noch nicht, nach seinem Namen zu fragen. Auch nach meinem fünften Drink. „Könnte ich noch einen bekommen?", fragte ich so charmant wie nur irgend möglich. „Natürlich. Wobei es mich schon überrascht." Er fing an zu lachen, woraufhin ich ihn verwirrt ansah. „Normalerweise trinkst du nicht mehr als vier Gläser, ist etwas passiert? Hast du Stress mit deinem Freund?" Autsch. Er dachte, ich sei vergeben! „Nein, Nein! Ich habe keinen Freund. Ich habe nur eine Beziehung: Mich und meine Schulden." Na toll, jetzt heulte ich ihn schon mit meinen Problemen voll ... „Ach so. Komisch, ich dachte, so eine schöne Frau wie du wäre vergeben." Sah ich da ein Lächeln? Vielleicht wird dieser Abend doch noch siegreich.

... dachte ich. Da die Bar sehr voll war, musste mein heimlicher Schwarm viele Drinks verteilen. Sehr viele. Und ehe ich mich versah, war ich stockbesoffen, da ich mir einen Drink nach dem anderen bestellt hatte, nur um in seine Augen sehen zu können. Oder auch aus Verzweiflung. Eigentlich war ich nie so verzweifelt. In meinen 25 Jahren Lebenserfahrung, war er der erste, bei dem ich es so hart versuchte. Ich hatte bis jetzt nur zwei Beziehungen, und beide gingen nicht gut aus. Ich spürte, dass der Barkeeper und ich eine Verbindung hatten.

Oder es war der Gin. Es muss der Gin sein ... Seufzend schob ich mein leeres Glas nach vorne und durchsuchte den Raum nach einer Toilette. Natürlich wusste ich, wo hier eine ist, aber mein Kopf schien mit den Schwankungen nicht klar zu kommen. Als ich zurück auf meinem Stammplatz ankam, sah ich ein frisches Glas Gin Tonic. Er konnte also wirklich süß sein. Da er nicht sehr weit weg war, rief ich ihm ein Danke zu. Aber er schüttelte den Kopf und zeigte mir in eine andere Richtung. Dort saß ein brünetter Mann, der mir zulächelte und sein Glas anhob, ehe er daraus etwas trank. Ich konnte ihn nur verwirrt anstarren. Hatte er beobachtet, was ich trinke? Ehe ich mich umsehen konnte, kam er auf mich zu. So schnell konnte mein Kopf nicht reagieren – und zack! Er saß neben mir. „Hey. Ich hab gesehen, du sitzt hier so alleine. Brauchst du Gesellschaft?"

Er ist aber direkt. „Nein danke, ich habe Gesellschaft." Hilfesuchend suchte ich den Barkeeper, der schon wieder am anderen Ende dieser Theke war. „Ach ja? Wen? Meinst du den Gin?" Er lachte kurz auf, er fand sich wohl mega witzig. „Ich selber bin mir eine tolle Gesellschaft." „Ich könnte eine bessere werden. Ich bin Dave." Er gab mir seine linke Hand. Erst jetzt konnte ich ihn mir genauer ansehen. Sein weinrotes Hemd steckte in seiner schwarzen Hose und seine gelockten braunen Haare hingen ihm wild über die Stirn. Was mich aber am meisten an ihm aufregte – abgesehen von dem Aufreißer-Look – war sein schelmisches Grinsen und seine funkelnden braunen Augen. Er war einer von der Sorte, die eine Frau mit nach Hause nehmen wollten – aus einer verfickten Bar. „Wie kannst DU mich mehr unterhalten als dieses leckere Getränk?" Er schien kurz verwirrt zu sein, weil er vielleicht dachte, ich verrate ihm meinen Namen, aber dazu würde es nicht kommen. Nur der Barkeeper darf nach meinem Namen fragen: das hatte ich vor einer Minute beschlossen. „Ich könnte dich um einen Tanz bitten."

Überrascht fing ich an zu lachen. „Bitte was? Sehe ich so aus, als wäre ich dafür hier?" Er sah provokant an mir herunter. „Naja, dein kurzes rotes Kleid mit einem gewagtem V-Ausschnitt sagt, dass du nicht nur für den Gin hier bist." Wieder dieses schelmische Grinsen. Aber er hatte Recht. Ich war nicht nur wegen dem Gin hier. Ich war wegen des verdammten Barkeepers hier, weil ich mir sicher war, in ihm meinen Seelenverwandten gefunden zu haben.

Das hatten die zwanzig Gespräche, die wir geführt hatten, mir bewiesen. Ich kann zwar verrückt klingen, aber mein Gefühl hatte mich noch nie getäuscht. „Für einen Tanz mit dir bräuchte ich noch mindestens drei Drinks." Hoffentlich lässt er jetzt ab und sucht sich eine andere. „Na gut", sagte er gelassen. Gott sei dank! „Barkeeper! Noch zwei Gin Tonics für diese Süße hier." Baff blickte ich zu meiner Linken. Ist er verrückt? Wieso ließ er nicht locker und wollte mich sogar noch betrunkener machen?

„Ich nehme dich beim Wort. Dafür gehen diese zwei Schönen auf mich." Der Barkeeper brachte uns die zwei Drinks, ohne mich auch nur anzusehen, was mich leicht verletzte, worüber ich mir aber nicht die größten Gedanken machte. Ich hatte jetzt größere Probleme. „Nun hast du drei Drinks, ich warte so lange wie nötig." Er dachte doch nicht ernsthaft, dass er mich mit einem Tanz herumkriegen konnte? Still sah ich zu, wie er an seinem eigenen Drink nippte und mich herausfordernd ansah. Das wird eine lange Nacht ...

Ich weiß nicht, wie viel Zeit vergangen war, aber als ich an meinem letztem Drink nippte und definitiv betrunkener als je zuvor war, überlegte ich mir eine Ausrede, wie ich es hier raus schaffte, ohne mit diesem arrogantem Typen zu tanzen. Meine Hoffnung darauf, dass der Barkeeper und ich uns näher kommen würden, war aber größer, da die Bar nicht mehr so überfüllt war und er nun niemanden etwas mixen musste. Nur ein Problem gab es noch: Dale. Oder Dason. Ich hatte vielleicht seinen Namen vergessen. Und da ich keine Lust mehr darauf hatte, hier nur dumm herumzusitzen, entschloss ich, mich etwas zu tun, was ich vielleicht bereuen würde. Es ist ja nur ein Tanz. „Hör mal. Du willst nur einen Tanz? Und dann lässt du mich in Ruhe?"

Überzeugt von sich selbst nickte er, schluckte den Rest seines Glases runter und grinste mich an. Ich tat es ihm gleich, seufzte noch und sah den Barkeeper ein letztes Mal an. „Ok, gehen wir." Wir standen auf und gingen auf die Tanzfläche. Als ich vor ihm stand, merkte ich, wie groß er eigentlich war. Ich musste nervös schlucken. Wieso war ich so aufgeregt? Wir fingen an, uns zu der Musik zu bewegen. Ich hatte schon seit Jahrzehnten nicht getanzt, aber es fühlte sich gut an. Die Musik gefiel mir und mein Gegenüber war auch nicht schlecht. Nach kurzer Zeit kam er mir immer näher und näher, und irgendwann berührte er leicht meine Hüften, was mein Kopf gar nicht mal so schlecht fand. Scheiß Gin. Ich blickte zu seinen braunen Augen, die mich fordernd ansahen. Unsere Gesichter waren nicht weit voneinander entfernt, ich spürte seinen minzigen Atem an meiner

Wange. Wieso war es hier plötzlich so heiß? Ich spürte seine Hände hoch wandern zu meiner Taille, er bewegte mich mit in seinem Rhythmus. „Du musst zugeben: Das gefällt dir." Ich bekam eine Gänsehaut, als ich seinen warmen Atem an meinem Ohr spürte, und begriff seine Worte nicht komplett. Ehe ich mich an diese Situation gewöhnen konnte, war auch dieses Lied zu Ende. Schnell löste ich mich von ihm. „Willst du nicht noch einmal tanzen? Nur noch einen Tanz?" Noch bevor er seinen Satz anfing, sah ich schnell rüber zu meinem heimlichen Schwarm. Doch was ich sah, erschütterte mich. Eine andere Frau saß auf meinem Stammplatz.

Und der Barkeeper lehnte sich zu ihr und flüstere ihr etwas ins Ohr. Sie fing an zu kichern und er kicherte mit ihr. War es verwerflich, dass es mir einen Stich versetzte? Ohne den Unbekannten anzusehen, lief ich schnell Richtung Ausgang. Kaum war ich am Ausgang, kam mir die Kotze dieses Abends hoch und ich übergab mich auf dem Asphalt. Wieso erhoffte ich mir so viel? Ich kannte nicht mal seinen verdammten Namen! Ich fühlte mich erbärmlich, widerlich. Wäre der Gin nicht gewesen, hätte ich nicht überreagiert, sondern alles hinterfragt. Da ich aber sehr viel intus hatte, zogen Bilder an mir vorbei, wie diese Frau an meiner Stelle mit ihm nach Hause ging. „Alles ok?" Diese Stimme hatte mir gerade noch gefehlt ... „Ja. Glaube ich ..." Ich sah meinen mysteriösen Fremden an. Sein Grinsen war wie weggeblasen. Nun schaute er nur noch normal. Mir kam noch mehr Kotze hoch, die ich schamlos wieder auf den Boden auskotzte. Doch dieses Mal spürte ich, wie mir der Fremde meine Haare hoch hielt. „Soll ich dir ein Taxi rufen?" , fragte er mich besorgt. Lag das an mir, oder war das plötzlich eine ganz andere Person? Mir wurde noch schwindliger, sodass ich nur nickte. Er zog seine Jacke aus – woher hatte er die plötzlich? – und legte sie auf den Boden. „Setz dich solange da drauf, ich komme gleich wieder." Er klang plötzlich so befehlshaberisch, was mir ein bisschen Angst machte.

Ein paar Minuten später kam der Fremde wieder, mit einer Flasche Wasser in der Hand. „Hier. Das brauchst du gerade dringend." Dankend nahm ich das Getränk an und trank es wie eine Gierige. Das tat verdammt gut. „Das Taxi sollte bald hier sein. Soll ich mitkommen?" Verwirrt sah ich ihn an. Ich wollte was sagen, aber hatte Angst, dass ich wieder brechen musste. Deswegen schüttelte ich nur mit dem Kopf. „Ok, dann sag mir deine Adresse, ich bezahle dir die Fahrt." Wieder einmal musste ich den Kopf schütteln. Ich wollte meine Adresse nicht freigeben. Mein nüchternes Ich hätte es sicherlich verstanden und ohne Misstrauen die Adresse einfach mitgeteilt, aber mein Kopf malte sich gerade paranoid all die Sachen aus, die ein gruseliger Stalker verwenden könnte.

„Wie soll ich dich dann so alleine nach Hause fahren lassen?" Seine Stimme hatte sich deutlich verändert. Drinnen klang er noch so erregt und hier hörte er sich desinteressiert an. Anscheinend hatte er seinen Gefallen an mir verloren. Leise musste ich kichern. „Was ist so lustig daran? Ich kann dich hier nicht alleine lassen." Kurz überlegte er, bis er auf eine Idee kam. „Ich nehme dich mit zu mir."

Warte ... was?! „N-Nein, das kannst du nicht - " Sofort wurde mir wieder übel, sodass ich schnell zur Wasserflasche greifen musste. „Wieso nicht? Dort kannst du nüchtern werden. Keine Sorge, ich beiße nicht." Nun war seine perverse Stimme wieder da. Na toll, vom Besorgten wieder zum Aufreißer. Ich protestierte eine Weile, bis unser Taxi dann auch schon kam. Verdammt. Er half mir hoch und zwang mich doch irgendwie, mit ihm zu kommen. Meine Alarmglocken musste ich ignorieren, weil mein Drang auf eine warme Unterkunft mit einer Toilette viel stärker war.

Nach einer ewig langen Autofahrt hielten wir plötzlich an. Zum Glück ging es mir schon besser, sodass ich nicht ständig ans Kotzen denken musste. Wir betraten eine Apartment-Gegend, die nicht sehr billig aussah. Nachdem wir eine Art Lobby überquert hatten, mussten wir mit einem Fahrstuhl weiter hoch. Im 5. Stock hielten wir an. Ich sah begeistert die Wände des Flures an, woraufhin er lachen musste. In seiner Wohnung angekommen, kam ich aus dem Staunen noch weniger heraus.

Es sah hier so aus, als hätte er die Wohnung schon perfekt möbliert gekauft. Nach einem langem Flur kamen wir in die Wohnküche. Die erkannte ich daran, dass ein riesiges weißes Sofa den Raum schmückte, rechts im Raum war eine Küche mit Tresen und sechs Hockern. „Wieso geht man in eine Bar, wenn man Zuhause eine eigene hat ...", murmelte ich ganz leise, was er aber doch gehört hatte. „Na weil hier die Leute fehlen. Ist doch klar." Er lachte wieder schelmisch, jetzt verstand ich seine Arroganz.

Gegenüber des Sofas war eine riesige TV-Wand mit einem großem Fernseher. Ist er ein Star oder so? Das fragte ich lieber nicht, je weniger ich mit ihm zu tun hatte, desto besser. „Wenn du ins Bad willst, musst du die erste Tür rechts nehmen." Er zeigte mir Richtung Flur, ich nickte schnell und begab mich dahin. Das Bad sah überraschend normal aus. Außer einem sehr weichen Teppich sah ich keine Auffälligkeit. Wieso war ich hier nochmal ...?

Nach weiteren drei Gläser Wasser ging es mir soweit gut, dass ich meine Finger wieder ordentlich zählen konnte. „War es dein erstes Mal? Oder warum hast du so weit ins Glas geschaut?" Ich sah ihn böse an. „Du hast mir quasi noch drei weitere Drinks aufgezwungen! Also tu nicht so unschuldig!" Er musste lachen. „Du hättest auch einfach nicht trinken können! Naja, der Tanz war es irgendwie wert. Also nehme ich die Schuld auf mich." Als er das sagte, nahm er meine Hand und küsste meine Handfläche. Alles in mir fing an, zu pulsieren. Seine warmen Lippen an meiner Hand, wieso fühlte sich das so gut an? Wir sahen uns in die Augen und ich musste unwillkürlich schlucken. Wieso hasste ich sein Grinsen plötzlich nicht mehr? Ohne meinen Blick zu lösen, fing er an, seine Hemdknöpfe aufzuknöpfen. Heilige Scheiße! Schnell sah ich weg. Und bevor ich meinen Mund davon abbringen konnte, sagte ich etwas richtig Dummes: „Und? In welchem Porno musstest du mitspielen für diese Wohnung?" Scheiße. Scheiße. Scheiße! Wieso war ich so schamlos? War ich noch betrunken? Er lachte heiser. „Nein, so ist es nicht. Ich besitze eine Bank." Prüfend sah ich ihn an. Wie alt war er? Ich hätte ihn nicht älter als 25 geschätzt! „Ach so. Na dann ..." Schon wieder kam eine komische Stille hoch.

Wir beide, ich in einem rotem Cocktailkleid und betrunkener Miene, und er in seinem halb offenem Hemd und diesem verdammt arrogantem Grinsen. Ich musste hier weg. „Ok, ähm, ich müsste dann mal los ..." Ehe ich richtig stehen konnte, wollten meine Beine nicht mehr und ich schwang hin und her. „Nein, nein!" Schnell half er mir und stützte mich. „Du kannst jetzt in diesem Zustand nicht gehen. Du kannst hier übernachten, ich beziehe dir das Sofa." Er hielt meine Taille, und zum zweiten Mal diesen Abend bekam ich ein komisches Kitzeln an der Stelle. Ich sah zu ihm hoch und unsere Blicke trafen sich schon wieder. Wieso zogen mich seine Augen so sehr an? Lag bestimmt am Gin. Nie wieder Gin! „Du starrst mich an." Ich blinzelte ein paar Mal, um zu bemerken, dass er mich immer noch hielt. „Du - du aber auch..." Schon zum tausendsten Mal lachte er so, als gehöre ihm die Welt. „Wie kann ich das nicht? Hast du mal in den Spiegel gesehen?"

War das ein Kompliment? Seine Hand fühlte sich so verdammt gut auf mir an, und dieser Abend hatte mich so sehr frustriert, sodass ich nicht anders konnte, als mir im Moment Nähe von diesem Fremden zu wünschen. Also machte ich das bestimmt Dümmste auf der Welt und starrte seine verdammt süßen Lippen an. Ich kam ihm näher, aber ehe unsere Lippen sich berührten, stoppte er mich. „Bist du dir sicher, dass du weiter gehen möchtest?", flüsterte er mir verdammt verführerisch an meine Wange.

Ich nickte leicht, mein Atem ging mittlerweile so schnell, als wäre ich einen Marathon gelaufen. „Ich warne dich. Wenn du mich küsst, kann ich mich nicht zurückhalten." Mit seinen leisen Worten brachte er mich noch mehr in Wallung, ich explodierte praktisch! Ich konnte nicht anders, als nur zu nicken. „Vergiss nicht ... es war deine Entscheidung -" „Halt die Klappe!" Ich unterbrach ihn und beendete den

Abstand zwischen meinen und seinen Lippen. Oh mein Gott! Er schmeckte so süß! Er verschlang mich praktisch, das war mit Abstand mein heftigster Kuss. Wir hörten nicht auf, mit unseren Lippen zu spielen. Mein Unterleib bebte, er griff mich an den Hüften und manövrierte mich Richtung Schlafzimmer.

Dabei lies er meine Lippen nicht eine Sekunde aus. Als seine Zunge plötzlich ins Spiel kam, war es das mit meinem Verstand. Ich schlang meine Arme um seinen Nacken und ließ zu, dass er mich auf sein Bett – was wohlgemerkt sehr groß war – fallen ließ. Und erst da lösten sich unsere Lippen. Ich sah ihm zu, wie er sein Hemd komplett auszog, und ich war echt baff. Der Typ sah echt heiß aus. Bevor ich ihn länger anstarren konnte, kam er über mich und küsste mich erneut stürmisch, während er geschickt mein Kleid von hinten öffnete.

Überrascht sah ich, wie er mir mein Kleid runter zog und scharf die Luft einsog. „Gott, ich habe es mir den ganzen Abend ausgemalt, aber es ist besser als in meiner Fantasie", sagte er deutlich erregt. Er beugte sich wieder über mich und fing an, an meinem Hals zu saugen, bis er irgendwann seine Küsse auf meinem Körper verteilte. Es fühlte sich so gut an!

Jede Berührung seiner Lippen entfachte ein Feuer in mir, er hörte nicht auf, mich anzufassen, mich zu küssen, an meinem Bauch, meiner Taille, meine Brüste – die immer noch im BH waren – und sogar an meinen Oberschenkeln. Er genoss es also, mich so anzufassen, mich zu erkunden, als wäre es das letzte Mal, dass er das machen könnte. Ich winselte, denn er machte mich verrückt. „Geduld, Süße."

Schon wieder lachte er. Aber ich hielt es nicht mehr aus! Es kribbelte so sehr, ich könnte jetzt schon einen Orgasmus bekommen, alleine von seinen Lippen ... also entschloss ich mich, die Oberhand zu ergreifen. Ich zog ihn an mich und fing an, ihn stürmisch zu küssen. Seine Zunge ließ auch nicht lange auf sich warten. Ich versuchte, uns zu drehen, was schwerer war als gedacht, denn er war verdammt stark. Also fing ich an, mit meinen Finger auch flink zu werden. Ich berührte seine Brustmuskeln und glitt mit meiner Hand weiter runter. Er stöhnte auf und ich ergriff den Moment seiner Schwäche und drehte uns um. Ich saß nun rittlings auf ihm und rieb meine, noch mit Slip angezogene, Vagina an seiner Hose. Ungeduldig versuchte ich, seine Hose von seinem Gürtel zu befreien, was mir nach einiger Zeit gelang. Er half mir, ihm seine Hose auszuziehen, und verdammt, war er hart! Als ich mich auf seinen Schritt setzte, er jedoch noch in der Boxershorts war, stöhnte er sehr laut auf. „Verdammt..." Er sah mich mit seinen lustgetränkten Augen an. Noch einmal beobachtete er meinen Körper. Ich verstand immer noch nicht, was er an mir toll fand, immerhin hatte ich hier und da ziemlich viel Speck, er aber zog mich nochmal mit seinen Augen aus, obwohl ich fast nackt war! Mit einer geschickten Handbewegung öffnete er meinen BH, ohne dass ich es bemerkt hatte, und schmiss ihn auf den Boden.

Sein Penis wurde bei dem Anblick meiner Brüste noch härter, wenn das überhaupt möglich wäre. „Scheiß was drauf", sagte er nur und fing an, meine Brüste zu erkunden. Wir beide saßen nun, ich auf seinem Schoß, seine Hände überall auf meinem Körper, seine Lippen an meinen Brüsten. Er fand meine Knospen und fing an, sie wild zu lecken und zu saugen. Ich war nicht bei Verstand, um zu realisieren, wo seine Lippen waren, es fühlte sich berauschend an. In mir brodelte ein Feuer, ich kann nicht beschreiben, wie nass ich war. Ich wollte ihn, jetzt, sofort! Also schubste ich ihn nach hinten und zog ihm seine

Boxershorts aus. Sein Penis sprang mir förmlich entgegen. Er sog scharf die Luft ein, als ich seinen Penis umschlug, um ihn in mein Loch zu manövrieren. „Warte... warte kurz", sagte er außer Atem. Er griff in die Schublade neben seinem Bett und holte ein Kondom raus. Daran hat mein lustverzehrtes Gehirn gar nicht gedacht.

Schnell öffnete er die Verpackung mit seinen Zähnen, da seine rechte Hand an meiner Hüfte lag, und stülpte das Kondom über seinen pochenden Penis. Ungeduldig küsste ich derweil seinen Hals und hinterließ Spuren. Er streifte meinen bereits komplett durchnässten Slip ab und küsste meine Lippen noch ein letztes Mal, ehe er in mich eindrang. Ich musste laut aufstöhnen, der Typ füllte mich mit seinem Penis komplett aus! „Gott ... du bist so eng!", rief er sehr erregt. Das lag vielleicht daran, dass ich seit Jahren keinen Sex mehr hatte.

Aber nur vielleicht. Wir fanden einen Rhythmus, zu dem wir uns bewegten, er führte mich, da ich ihn ritt. Irgendwann ließ er sich komplett fallen, sodass ich meine Arme auf seiner Brust abstützen konnte und mich selber weiter bewegte. Ich bewegte mich quälend langsam, das bemerkte ich an seinem

Stöhnen, er war anscheinend nicht gewohnt, so langsam zu vögeln. Kurz bevor ich dachte, dass ich zum Höhepunkt kommen würde, nahm er mich an der Taille und drehte uns um. Er nahm sich meine Hände und tackerte sie mit seinen Händen rechts und links von meinem Kopf.

Nun fing er an, mich hart von vorne zu ficken, sodass es in mir noch mehr brodelte und mein Herz noch schneller schlug, als es eh schon tat. Nebenbei fing er an, an meinem Hals zu saugen und sich da fest zu beißen. Ich merkte, wie ich wieder fast am Höhepunkt war. „Ich ... brauche nicht mehr lange ...“ Er nickte kurz und sah mich diesmal mit seinen Augen voller Lust an. Wieso machte mich dieser Blick so verrückt? Er fing an, härter in mich zu stoßen, umfasste meine linke Brust und spielte mit meinem Nippel. Ich konnte es nicht länger aushalten, ich spürte schon die Welle auf mich zukommen. Ich fing an zu schreien und meinen Höhepunkt zu genießen, als ich spürte, wie er sich auch zusammenzog und auch anfing, heftiger zu stöhnen. Das war der längste Orgasmus, den ich je hatte, und ich merkte noch mit erschöpften Lidern, wie er sich neben mich legte ...Ein leichter Luftzug kitzelte meine Nase. War ich auf der

Straße eingeschlafen? Ich öffnete langsam meine Augen. Ich lag in einem Bett. Zum Glück, weshalb ich wieder meine Augen friedlich schloss. Ich hatte es also doch noch geschafft, in ein Bett zu kommen. Dabei war ich gestern ganz schön dicht ... Moment! Schnell raffte ich mich auf und sah mich um. Ach du Scheiße! Neben mir lag dieser Fremde von gestern Nacht! Er lag auf dem Bauch, die Decke verdeckte seinen Unterkörper und sein Rücken war entblößt. Ich sah an mir herunter und merkte, dass ich nichts an hatte. Hatten wir etwa Sex!?

Oh nein... ich erinnerte mich an gar nichts! Ich wusste nur noch, dass ich in meiner Stammbar war und dieser Fremde mich zwang, mit ihm zu tanzen ... und dass ich danach kotzen musste! Danach war alles schwarz ... wieso war ich hier? Ich musste hier schleunigst raus! Ich sah mich um und suchte meine Sachen. Meine Unterwäsche lag in einer Ecke und mein Kleid direkt neben dem Bett. Es hat nicht lange gedauert, bis ich mich wieder anzog, den Fremden, der seelenruhig schlief, ansah und aus dem Zimmer stürmte. Man, ist diese Wohnung schön! Wo war ich? Und was machte ich hier? Auf dem Sofa fand ich meine Tasche, deren Inhalt ich sofort prüfte. Alles schien da zu sein. Mein Handy zeigte 12:44 Uhr und drei verpasste Anrufe. Ich sollte schnell abhauen, bevor der Fremde aufstand ... ich hatte definitiv keine Lust, mich mit ihm zu unterhalten! Was dachte sich mein betrunkenes Ich gestern? Wie zum Fick hatte er es geschafft, mich zu verführen? Oh Gott, das war mein erster One Night Stand ... ich wusste gar nicht, wie ich mich verhalten sollte.

Leise schloss ich die Tür hinter mir und suchte schnell einen Ausgang. Nachdem ich einen Fahrstuhl genommen hatte und eine sehr große Lobby überquert hatte, gelang ich nach draußen, wo ich schnell in irgendeine Richtung lief. Wieso hatte ich so eine Panik? War ja nicht so, dass er mir wie in einem Horrorfilm folgen und mich umbringen würde. Mein Herz pochte aber so stark, dass es sich genauso anfühlte! Weit genug von dieser Wohnung entfernt blieb ich stehen und sah mich um. Diese Gegend kannte ich überhaupt nicht, was kein Wunder war, immerhin lebte ich erst seit einem Jahr in dieser Stadt. Ich sah nach, wie weit ich es zu meiner Wohnung hatte, und suchte eine Busverbindung. Endlich zuhause angekommen, in meiner kleinen Ein-Zimmer-Wohnung, ging ich sofort duschen. Ich fühlte mich so dreckig, sodass ich schnell meine Kleider auszog und in die Wäsche schmiss. Ich stieg in meine kleine Dusche und machte sofort das Wasser an. Das warme Wasser prasselte auf mich herab und beruhigte meinen Körper. Es fühlte sich gut an. – *Es fühlte sich so gut an! Jede Berührung seiner Lippen entfachte ein Feuer in mir, er hörte nicht auf, mich anzufassen, mich zu küssen, an meinem Bauch, meiner Taille, meine Brüste...* – Bilder schossen mir in meinen Kopf, wie er mich vernaschte.

Oh Gott! Ich schüttelte meinen Kopf. Wir hatten also wirklich Sex! Oder vielleicht doch nur Vorspiel? Wieso hätte ich mich sonst nicht daran erinnert? Verdammt, wieso nahm es mich zu sehr mit! Ich wusch mich schnell zu Ende und trocknete mich ab. Dabei bemerkte ich im Spiegel sehr viele Knutschflecke in der Nähe meiner Brüste und an meinem Hals. Auch das noch! Der Typ hatte sich echt nicht zurück gehalten. Noch mehr Bilder kamen zusammen, langsam erinnerte ich mich an kurze Stücke, an die Taxifahrt und an die Küsse. Und ich merkte, wie mein Unterleib anfing zu kribbeln und meine Hormone viral gingen. Wieso fühlte ich mich plötzlich so erregt? Das konnte doch nicht sein, dass nur ein Mann es schaffte, mich verrückt zu machen! Mein Handy, das klingelte, riss mich aus meinen Gedanken. Auf dem Display stand Mara, meine Freundin bzw. Kollegin von der Arbeit. Scheiße, wir waren verabredet! Vorsichtig nahm ich den Hörer ans Ohr.

„Da ist jemand aus dem Koma erwacht! Hast du auf die Uhr gesehen? Ich dachte schon, ich müsste dich in einer Gasse suchen! Abgestochen und im eigenen Blut ertränkt!" Sie klang hysterisch und übertrieb maßlos wie immer, was mich zum Lachen brachte. „Es tut mir leid, ich war heute Nacht leider nicht Zuhause", sagte ich vorsichtig genug. Ich hörte sie am anderen Ende schreien. „Oh mein Gott! Also hast du den süßen Barkeeper verführt!" Naja, das war zwar mein Plan, aber es kam dann doch anders ... „Ich erzähle es dir später, wann fängt deine Schicht an?" Wir klärten ab, dass wir uns bei der Arbeit im Café sehen würden. „Ich bin so gespannt, was du zu erzählen hast! Wir sehen uns!" Und schon legte sie auf. Mein Zeichen, mich anzuziehen und zu ihr zu gehen, immerhin hatte ich noch etwas Zeit.

Im Café angekommen, ging ich sofort hinter die Theke zum Personalraum, um mich umzuziehen. Dort sah ich Mara, mit ihren perfekten blonden

Locken und einem breiten Grinsen. „Da ist ja der Auf-reißer. Also ... mit wem warst du unterwegs?" Sie kam auf mich zu und erdrückte mich praktisch mit ihrer Neugier. Dabei wollte ich erst mal hier ankom-men. Ich fing an mir, meine Schürze umzubinden.

„Es war ein Unfall, nur damit du Bescheid weißt", fing ich an zu erzählen, „Eigentlich wollte ich mich endlich trauen, den Barkeeper nach seinem Namen zu fragen. Aber dann kam so ein komischer Mann, der mir einen – oder mehrere Drinks – ausgegeben hat. Ich habe eigentlich protestiert, aber er wollte unbedingt mit mir tanzen. Und danach ist alles ver-schwommen..." Während ich erzählte, gingen wir ge-meinsam zur Theke, um auf Kunden zu warten. „Und du bist bei ihm aufgewacht?"

„Ja. Es kamen heute Morgen ein paar Bilder hoch, ich glaube wir hatten Sex! Gott, ich fühle mich so schmutzig ... er war ja ein Fremder, der sonst was mit mir machen konnte!" Beruhigend fing Mara an, meine Schultern zu massieren. „Mach dir keinen Kopf. Heutzutage sind One Night Stands was völlig Normales. Ich hatte selbst letzte Woche einen!" Ich musste seufzen. „Das ist was anderes, du gehst dafür extra in eine Single Bar!" „Na und! Gönne dir doch auch etwas! Und nun erzähl schon! War er heiß?" Sie fing an, genauso schelmisch zu grinsen wie der Fremde gestern. Ich schüttelte nur lächelnd den Kopf...

Nun vergingen schon sechs Monate. Ich vergaß schon, wie der Fremde, mit dem ich das letzte Mal göttlichen Sex hatte, aussah. Er verfolgte mich zwar die ersten Monaten in meinen Träumen, weswegen ich mein Alkoholproblem beiseitelegte und die Bar, in die ich damals öfter ging als zur Arbeit, mied. Ich konnte an nichts anderes mehr denken als an seine Berührungen, seine Küsse und seinen erregten Blick. Aber nun dachte ich kaum noch daran und lebte mein Leben weiter. Ich arbeitete in dem kleinen Café und verliebte mich noch mehr in diese Stadt. Leider musste ich auch den Barkeeper aufgeben, ich habe eingesehen, dass nichts aus uns werden könnte.

Liebe auf den ersten Blick existierte wohl doch nicht. Dachte ich zumindest. Ich fühlte mich trotz meines Fortschritts leer. Irgendetwas fehlte mir, es fühlte sich falsch an, so weiterzuleben wie bisher. Ich war unerfüllt, als würde ich gegen mich selber kämpfen. Also versuchte ich, mehr mit meinen Freunden abzuhängen, naja, es waren Maras Freunde, da sie die erste war, die ich kennen lernen durfte damals. Trotzdem blieb ich dem Alkohol fern. Für eine Weile. Nun stand ich nämlich im Supermarkt und starrte die Flasche Wein im Regal an. Würde ja nicht schaden. Ich würde ja nicht praktisch dem Nächstbesten in die Arme fallen. „Na sieh einer an."

Ich erschrak mich von der Stimme und drehte mich in die Richtung. Ich hatte mich früh genug vom Schicksal verabschiedet! War das ein Zeichen? Ich blickte nämlich in die strahlenden blauen Augen meines damaligen Schwarms, ohne Barkeeper-Klamotten. „Hey. Dich habe ich hier gar nicht erwartet!" Ich lachte ein bisschen verlegen. „Denkst du, Barkeeper leben nur hinterm Tresen?" Sein Lachen klang so himmlisch, ohne die ganzen Hintergrundgeräusche der Bar. „Nein, ich bin hier bloß Stammkunde, und habe dich hier nie gesehen."

„Ach so. Naja ich bin vor kurzem in diese Gegend gezogen. Und wo warst du die ganze Zeit? Ich hab dich schon vermisst bei meinen Schichten." Unwillkürlich musste ich lächeln. Er hatte an mich gedacht. Und mich sogar vermisst! Aber wieso drehte mein Kopf nicht völlig durch, wie damals? „Ich habe die schlechte Angewohnheit, in eine Bar zu gehen, abgestreift. War besser so für mich." Ach ja, und ich renne vor einem fremden Kerl weg, dem ich auf keinen Fall begegnen will, da ich mich aus seinem Bett geschlichen habe, nachdem wir übelst geilen Sex hatten. Aber das würde ich auf keinen Fall laut sagen. „Schade. Es hat jemand nach dir gefragt, sogar mehrmals. Ich glaube, es war der Typ von damals, mit dem du getanzt hast." Mein Herz setzte kurz aus und ich sah ihn überrascht an.

Der Fremde hat nach mir gesucht? Wieso sollte er das tun? „Alles ok? Du schaust so entgeistert." Ich schüttelte den Kopf. Nein, dieser Typ durfte nicht schon wieder meine Gedanken erobern. „Ja, tut mir leid. Ich kenne diesen Kerl eigentlich nicht, er hat mir damals nur ein Taxi gerufen." Er lächelte mich erleichtert an. „Und ich dachte schon, er wäre dein Exfreund oder so." Kurz war es still zwischen uns, und ich entschied mich, die Weinflasche nicht zu kaufen. „Ähm, ich weiß nicht, wie ich das fragen soll, also sage ich es gerade heraus ... hast du vielleicht Lust, mit mir einen Kaffee trinken zu gehen?" Baff sah ich ihn an. Er hatte ... mich gefragt? Damals wäre mir mein Herz aus der Brust gesprungen, aber heute blieb es still. Aber mein Gehirn, das sich damals diese

Szene erträumt hatte, schrie wie verrückt. „Ja, klar, gerne." Vielleicht antwortete ich zu schnell. Wir tätigten noch den Rest unseres Einkaufes und redeten dabei. Es fühlte sich aber trotzdem komisch an.

Wir trafen uns eine Stunde später wieder vor dem Supermarkt, um zusammen Kaffee trinken zu gehen. Wir unterhielten uns viel und es war lustiger, als ich dachte. Aber leider kam das vertraute Gefühl von damals nicht zurück. Es war vielleicht ein Fehler, der Bar aus dem Weg zu gehen. Sogar auf dem Nachhauseweg blieb die Stimmung oben. „Du arbeitest also quasi auch hinter einem Tresen? Vielleicht solltest du mir ja einen Kaffee das nächste Mal aufs Haus geben!" Er fing wieder an zu lachen, ich konnte nicht anders, als es zu erwidern. „Ja, ich weiß, dass du mir damals viele Drinks spendiert hast. Daran musst du mich nicht erinnern."

Ich sah ihn warnend an, woraufhin er seine Hände verteidigend hob. „Ok, ok! Das nächste Mal passe ich aber auf, wie viel du trinkst, nicht dass dich wieder ein Fremder mitnimmt." Geschockt sah ich ihn an. Er wusste es? „Was? Denkst du, ich bemerke nichts? Du hast doch bestimmt wegen dem gruseligen Kerl neulich die Bar gemieden. Ich dachte mir schon, dass da was faul ist, so oft, wie er nach dir gefragt hat. Richtig gruselig." Irgendwie gefiel es mir gar nicht, was er da sagte. „Ja, das war einer der Gründe, du hast mich durchschaut ..." Irgendwie fühlte ich mich wieder genauso schmutzig wie vor sechs Monaten. „Tut mir leid, ich wollte dich nicht in Verlegenheit bringen." „Schon ok, ich komme schon damit klar." Es war nun plötzlich still zwischen uns, als wäre dieser wunderschöne Abend zu Ende, was er auch war. Als wir wieder am Supermarkt ankamen, hielten wir an, um uns zu verabschieden. „Ich hoffe wir sehen uns bald wieder", fing er vorsichtig an. „Ja, das wäre schön." Wir standen unschlüssig da und wussten nicht, ob wir uns nun die Hand reichen sollten oder uns verabschieden sollten. Als wir uns dann letztendlich kurz umarmt haben, drehte er sich um und ging. Irgendwie fühlte es sich so an, als wären wir doch nicht füreinander geschaffen ...

Weitere Tage waren nun vergangen, und als ich Mara von dem Treffen mit dem Barkeeper erzählte, tickte sie fast aus. „Ohh mein Gooott! Du hast so ein aufregendes Liebesleben! Ich sterbe vor Neid!" Sie hob dramatisch ihren Arm in die Luft. „Was wirst du nun tun?

Wirst du Mr. Blue Ayes nochmal treffen?" Seufzend ließ ich mich im Personalraum nieder, ehe meine Schicht begann. „Ich weiß es nicht. Es fühlte sich nicht gleich an, nicht so wie damals. Ich hatte Spaß, sehr großen sogar, aber mein Herz war irgendwie gar nicht dabei." Verwirrt sah mich Mara an und schüttelte den Kopf. „Nein, du musst ihn wiedersehen! Nicht umsonst habe ich mir monatelang anhören müssen, wie verknallt du in ihn warst." Obwohl mein Gehirn sich dasselbe dachte, wollte das unruhige Gefühl nicht weggehen. „Du hast Recht. Lass uns anfangen." Ich stand auf und verließ den Raum, um darauf zu warten, die Kunden zu bedienen. Es war hier ungewöhnlich ruhig, dabei hatte dieses Café einen ziemlich guten Ruf. Ich sah Leute reinkommen, was mein Zeichen war, ihnen entgegenzukommen und nett ihnen meinen Service anzubieten. Dabei war ich aber mit den Gedanken ganz wo anders ...

Kurz bevor meine Schicht zu Ende ging, kamen weitere Kunden in unser kleines Lokal. Es waren zwei Männer, und bei einem von ihnen fiel mir mein Herz in den Schoß. Ich hielt den Atem an und ließ fast die Kaffeekanne fallen, die ich in der Hand hielt. Verdammt! Verdammt! Verdammt!

Diese gelockten Haare, die braunen Augen, das Hemd, das in die Hose eingesteckt war ... Er war hier. Der Fremde von damals. Mein erster One Night Stand! Schnell versuchte ich, wegzublicken, und sah mich hilfesuchend um. Scheiße, ich war alleine hier! Mara hatte schon vor einer Stunde Feierabend gemacht, und meine andere Kollegin würde erst nach meiner Schicht kommen.

Schweiß bildete sich auf meiner Stirn, den ich hastig wegwischte. Ich schielte zu den beiden, die bereits an einem Tisch saßen und die Karte studierten. Vielleicht erinnerte er sich ja nicht an mich? Genau, seitdem waren mir die Haare nachgewachsen, ich hatte mir einen Pony geschnitten und sie sogar in einem dunkleren Ton gefärbt. Diese Abwechslung brauchte ich nur, um das leere Gefühl von damals loszuwerden, was nur ein bisschen geholfen hatte. Der Barkeeper aber hatte mich erkannt ... was, wenn er mich ansprach? Ich sollte vermutlich so tun, als kannte ich ihn gar nicht. Genau, das war die Lösung. Also atmete ich tief durch, ehe ich zu den beiden rüber ging. „Guten Tag. Was kann ich Ihnen bringen?" Ich versuchte, so nett wie möglich zu sein, und meine Stimme ein bisschen höher zu stellen. Der andere Kerl sah mich lächelnd an und wählte einen Latte mit einem Stück Käsekuchen, während mein Fremder One Night Stand immer noch auf die Karte starrte. „Bist du dir sicher?", murmelte er zu seinem Kumpel. Sofort schoss mir noch ein Bild von damals in den Kopf. *„Bist du dir sicher, dass du weiter gehen möchtest?"* ... *„Ich warne dich. Wenn du mich küsst, kann ich mich nicht zurückhalten."* ... *„Vergiss nicht ... es war deine Entscheidung ..."* Mein Atem ging schneller, ich versuchte, normal zu bleiben. „Ja, natürlich bin ich mir sicher, ein Stück würde mir nicht schaden." Mit zittrigen Händen notierte ich mir die Bestellung des anderen.

„Ok, dann hätte ich gerne -", fing der Fremde an, aber als er hoch sah und unsere Blicke sich unwillkürlich trafen, stockte er. Eine Weile blieb es ruhig. „Äh, ich hätte gerne einen schwarzen Kaffee ohne Zucker." Ich sah schnell auf meinen Notizblock und schrieb es auf. „Kommt sofort." So schnell, wie diese Worte aus mir kamen, war ich wie der Blitz wieder hinter der Theke, um ihre Bestellungen zu bearbeiten. Hatte er mich erkannt? Bestimmt! Sonst hätte er mich nicht so überrascht angeschaut, oder? Panisch bereitete ich den Kaffee vor. Dabei schielte ich ein paar Mal rüber, und ich könnte schwören, dass er mich die ganze Zeit anstarrte. Diese Bilder in meinem Kopf erschütterten mich. Nicht er hatte mich verführt, sondern ich ihn ... das bedeutete, dass es meine Entscheidung war, mit ihm geschlafen zu haben. Mit diesem Wissen fühlte ich mich noch beschissener. Es war also von Anfang an meine Schuld. Als ich mit der Bestellung fertig war, merkte ich, dass Gott sei Dank noch mehr Kunden unser Lokal betraten. Ich stellte ihre Sachen ab, stellte nett meinen Service zur Verfügung und ging schnell zu den anderen Kunden.

Endlich war meine Schicht vorbei und meine Kollegin löste mich ab. Ich ging zu dem Personalraum und bemerkte, dass die beiden Männer schon weg waren. Erleichtert atmete ich auf und fing an, mich umzuziehen. Aber ich hatte mich zu früh gefreut, denn als ich nämlich das Lokal am Hinterausgang verließ, sah ich den Fremden an der Wand lehnen. Erschrocken wich ich zurück. „Was zum -", fing ich an, aber mehr brachte ich nicht heraus. Er sah mich grinsend an und mein Herz fing wieder an zu beben, die Gefühle von jener Nacht kamen hoch, weswegen ich verlegen wurde.

„Anna also?" Verdammt. Er hatte meinen Namen auf meinem Namensschild gelesen. „Sie verwechseln mich", sagte ich nur und ging in die andere Richtung, um ihm zu entkommen. „Also bist du nicht Cinderella, die eines Nachts still und leise aus meiner Wohnung verschwand?" Er folgte mir.

„Du glaubst nicht, wie ich erst überrascht war vorhin." Er fing an zu lachen. Ich blieb stehen und sah ihn etwas wütend an. „Hör mal! Ja, ich bin dein damaliger One Night Stand, aber das ist kein Grund, mich zu verfolgen!" Siegessicher steckte er seine Hände in die Hosentaschen. „Also habe ich Cinderella gefunden." „Wieso hast du überhaupt nach mir gesucht?" Verwirrt starrte ich ihn an. Er versuchte, passende Worte zu finden, und strich sich mit seiner linken Hand durchs gelockte Haar. „Ich wollte nur wissen, wieso du abgehauen bist.

War die Nacht etwa so schlecht? Oder dachtest du, ich sei ein Serienmörder?" Perplex sah ich ihn an. Er war beleidigt? „Ich dachte, es sei üblich bei One Night Stands. Was hatten wir auch zu bereden? Es war nur ein schwacher Moment", verteidigte ich mich, „Außerdem war ich doch bestimmt nicht deine erste, die abgehauen ist." Er fing plötzlich an zu lachen. „So denkst du von mir? Du warst eigentlich sogar die erste, mit der ich einen One Night Stand hatte. Vor allem hast du mich verführt, ich wusste nicht, dass der Abend so endet!" Meine Kehle wurde trocken. Er war in derselben Situation wie ich? Nur mit dem Unterschied, dass er mich gesucht hatte, ich ihn aber gemieden habe. Ich öffnete den Mund, um etwas zu sagen, schloss ihn aber wieder, weil mir nichts mehr einfiel. „Naja, da ich nun meine Antwort habe ..." Er machte kehrt und ging still weg. Er ließ mich verwirrt und voller Schuldgefühle alleine stehen. Ich spürte einen Schmerz in der Brust. Wieso nahm mich das so sehr mit? Hatte ich nicht genau das erreichen wollen?

Am nächsten Tag kam ich übermüdet zur Arbeit. Ich konnte die Nacht nicht gut schlafen, mich verfolgte der Gedanke, dass ich es war, die den Fremden verführt hatte. Ich konnte mich nun komplett an die Nacht erinnern, mit allen Vor- und Nachteilen. Natürlich hatte mich auch Mara sofort ausgequetscht. „Du hättest dich bedanken sollen! Immerhin hat er dir geholfen, als du am kotzen warst, oder?" „Also lag da der Fehler? Ich habe ihn praktisch dazu gezwungen, mit mir zu vögeln!

Ich schäme mich so sehr." Verzweifelt ließ ich meinen Kopf hängen. Dieser Kerl ging mir nicht mehr aus dem Kopf. „Aber es hat euch beiden doch gefallen. Du hattest halt Panik bekommen und bist geflüchtet, das ist doch kein Verbrechen. Sei nicht so niedergeschlagen, hefte dich lieber an etwas Festes, wie zum Beispiel deinen anderen Lover." Sie war wie immer eine Besserwisserin. „Er ist nicht mein Lover.

Wir haben uns nur einmal getroffen, nachdem ich ihn monatelang in seiner Bar gestalkt habe." Und irgendwie fühlte ich gar nichts mehr ihm gegenüber. „Wir bekommen einen Kunden, geh und lenke dich ab", riet mir Mara, aber als ich den gewissen Kunden sah, blieb mir mal wieder das Herz stehen. Stalkte er mich jetzt? „Das ist er. Mein One Night Stand." Mara beäugte ihn und öffnete geschockt ihren Mund, dabei bemerkte ich, dass er uns schon lächelnd ansah und auf die Theke zukam. „Oh mein Gott, mit IHM warst du im Bett?" Ehe Mara noch mehr ausrasten konnte, schob ich sie beiseite und verschloss ihren Mund.

„Kann ich dich kurz sprechen?", fragte mich der Fremde, und sah mich dabei bittend an. „Natürlich kann sie, ich übernehme kurz", antwortete Mara für mich und nahm mir meinen Notizblock ab, um damit

mit einem fetten Grinsen zu den anderen Kunden zu gehen, sodass wir hier nun alleine standen. Toll. „Was gibt es? Ich dachte, du hast deine Antwort bekommen..." „Naja, ich habe nachgedacht, und bemerkt, dass du mir etwas schuldest." Seufzend senkte ich den Kopf. „Ja, du hast Recht. Ich sollte mich dafür bedanken, dass du mir geholfen hast.

Und tut mir leid, dass ich dich verführt habe." Grinsend schüttelte er den Kopf. „Nein, das meinte ich nicht. Du bist damals einfach abgehauen, das hat mich gekränkt. Also dachte ich, du würdest mir ein Date schulden." Verblüfft sah ich ihn an. Bitte was? Ich blinzelte ein paar mal. Sein Gesichtsausdruck sah aus, als würde er das verdammt ernst meinen. „E-Ein Date? Was bringt es dir?" Mein ganzer Körper fing an zu pochen, wenn ich nur daran dachte, mit ihm alleine in einem Raum zu sein. „Ich würde mich besser fühlen. Da ich nun umsonst nach dir gesucht habe, brauche ich doch eine Belohnung." Als er das sagte, wurde sein Grinsen wieder so schelmisch wie an dem jenem Abend. Lag es an mir, oder war jeder seiner Sätze zweideutig gemeint? Da er nicht aufhörte, mich mit seinen verführerischen Augen anzustarren, willigte ich ein. „Gut! Ich hätte dann gerne einen schwarzen Kaffee." Mit diesen Worten ging er auf einen leeren Tisch zu und ließ sich nieder. Kaum war er weg, sah ich Mara auf mich zu rennen. „Und? Und? Und? Was sagte er?" Sie war so penetrant neugierig wie immer. „Er will auf ein Date mit mir. Als Wiedergutmachung Meinerseits ..." „Uhhhh! Das ist ja so aufregend!" Sie kreischte leise wie ein kleines Kind. Da freute sich jemand mehr als ich, ich fühlte nur Panik und Lust. Ich hatte Angst, was passieren könnte, aber meine versaute Seite träumte schon vor Monaten davon, den Mann wiederzusehen. „Ich hoffe, du gehst hin! Sonst würde ich dir das nie verzeihen!" Sie verzog eine Miene und ich musste lachen. Es ist ja nur ein Date. *Es ist ja nur ein Tanz.* Das dachte ich damals, aber daraus wurde mehr. Wird sich das wiederholen ...?

Ich brachte ihm seinen schwarzen Kaffee, und er gab mir grinsend einen Zettel. „Ich freue mich schon drauf", sagte er charmant und fing an, an seinem Kaffee zu nippen. Ich ging wieder zurück und las mir den Zettel durch. >>Morgen, um 18 Uhr, vor dem Café. Zieh dir was Schickes an. - Dave<< Dave ... so hieß er also. Er hatte mir damals schon seinen Namen verraten, aber ich konnte mich beim besten

Willen nicht an ihn erinnern. Nervös steckte ich den Zettel ein und sah in seine Richtung. Er ließ mich mit seinen Blicken nicht los, ich spürte es den Rest des Abends. Er beobachtete mich ...

Ich sah nochmal in den Spiegel. Nun war es so weit. Ich musste in zehn Minuten beim Café sein. Ich hatte absolut keine Ahnung, wohin er mich verschleppen wollte. Ich hatte mir aber vorgenommen, ihn auch zu überraschen. Nämlich hatte ich genau dasselbe an wie damals, als wir uns trafen. Mein knielanges rotes Kleid mit einem Rückenausschnitt. Dazu die passende Frisur, meine hochgesteckten Haare und mein dezentes Make-Up. Der einzige Unterschied war mein Pony und meine Nüchternheit. Seitdem hatte ich meine Finger von Alkohol, geschweige denn Gin, gelassen.

Mein Herz wollte nicht aufhören, nervös zu schlagen. Dieses Gefühl hatte ich das letzte Mal, als ich mich in den Barkeeper verliebt hatte ... aber es konnte nicht sein, dass Dave nun seinen Platz einnahm! Ich hatte ihn noch nicht oft getroffen und wusste rein gar nichts über ihn! Ich schüttelte die üblen Gedanken aus meinem Kopf, sah ein letztes Mal in den Spiegel und ging los. Das Café war nicht weit von meiner Wohnung entfernt, sodass ich schnell ankam. Ich sah ihn schon von weitem stehen, und anscheinend hatte er dieselbe Idee wie ich. Er hatte genau dasselbe an wie damals. Verdammt, sah er scharf aus ... „Hey, du hast wohl nicht viel Kleiderauswahl", sagte er lachend. „Das gleiche könnte ich dir sagen." „Touché." Ich stand unruhig da und war zu nervös, um mehr zu sagen. Er bemerkte meine Nervosität, die anscheinend abfärbte, denn er wurde selbst unschlüssig. „Äh, ja, also ich dachte mir, um nicht ein zu großes Klischee zu sein, lassen wir das typische Kino-Ding aus. Aber um trotzdem im Genre >Date< zu bleiben, habe ich uns einen Tisch in meinem Lieblingsrestaurant reserviert.

Ich hoffe, du magst Italienisch?" Erfreut und sehr überrascht sah ich ihn an. „Ja, ich liebe Italienisch. Ich bin froh, dass du mich nicht ins Kino einlädst, denn ich hasse Kinos." Erstaunt sah er mich an. „Ok, jetzt wäre der Zeitpunkt, das Date zu streichen. Du hasst es? Was bist du für ein Mensch?" Er fing an laut zu lachen, was auch ziemlich ansteckend war. „Ein Mensch, der lieber liest, als sich das auf einer Leinwand zu geben." Er schüttelte gespielt enttäuscht den Kopf. Wir diskutierten noch eine Weile über die Vor- und Nachteile von Kinofilmen, als ich merkte, wie ein Taxi langsam auf uns zu kam. Ich hatte mich schon gewundert, wann wir losgehen wollten, aber anscheinend hatte er sich schon längst darum gekümmert. Wie ein Gentleman öffnete er mir die Tür und lächelte mich charmant an. Ich stieg ins Auto und war aufgeregt, wie wohl das Restaurant aussah.

Dort angekommen, kam ich aus dem Staunen gar nicht raus. Alles war so schön verziert, das Lokal hatte seinen eigenen Flair. Die Wände und Tische waren Silber und rot verziert, die ganze Einrichtung hatte diese Töne. Eine Kellnerin führte uns zu unserem Tisch, wo wir uns sofort niederließen. Sie gab uns die Speise- und Getränkekarte und ging so schnell wieder, wie sie gekommen war. Als ich eine der Karten öffnete, wurde mein Hals ganz trocken. Die Preise waren unmenschlich!

„Äh, bist du dir sicher, dass -" „Ich bezahle alles. Mach dir keine Sorgen", unterbrach er mich und lächelte mir beruhigend zu. Ich vergaß, dass er reicher war als ich ... „Wollen wir eine Flasche Wein köpfen? Oder bevorzugst du Gin?" Er grinste mich herausfordernd an. Ich musste schlucken bei dem Gedanken an die Folgen vom Gin. „Eigentlich habe ich nicht getrunken, seit ..." Verlegen deutete ich es an, weil ich es nicht laut aussprechen wollte. Er spielte den Verwirrten. „Meinst du, seit wir Sex in meiner Wohnung hatten?" Erschrocken blickte ich mich um, ich hoffte, dass das niemand gehört hatte.

Er ärgerte mich mit Absicht! „Ja, seit damals. Ich bevorzuge, heute nüchtern zu bleiben." „Ein Glas Wein wird dich nicht umbringen. Und ich verspreche dir, ich lasse die Finger von dir." Er kam näher zu mir. „Natürlich, bis du mich anflehst, dich anzufassen", flüsterte er mir verführerisch zu. Mein Unterleib fing an zu pochen, meine Nerven fingen an zu brennen und mein Gehirn war schon in seinem Bett – mit ihm. Oh Gott ... „Wissen Sie schon, was Sie trinken wollen?" Ich blickte hoch zur Kellnerin. „Ein Wasser bitte. Still." Meine Antwort kam zu schnell, das merkte ich daran, dass Dave anfing leise zu kichern.

„Bitte bringen Sie uns noch dazu eine Flasche ihres besten Weins, danke." Die Kellnerin nickte und ging wieder. „Du kannst locker bleiben. Ich habe mir heute vorgenommen, mich nicht zu verstellen, sag mir Bescheid, wenn dir meine Art zuwider ist." Seine Art? Seine perverse und zweideutige Art? War sie mir denn zuwider? Insgeheim genoss ich es doch. „Schon gut", sagte ich nur und sah in meine Speisekarte. Wir sprachen über die Auswahl und entschieden uns beide für Pasta. Auf die Soße war ich besonders gespannt, bei dem Preis müsste alles mit Goldbesteck ankommen. Die Kellnerin brachte uns unsere Getränke und schenkte uns den Wein ein.

Als sie mit unserer Bestellung wieder verschwand, hob Dave sein Glas und deutete mir an, mit ihm anzustoßen. Ich tat es ihm gleich. „Auf unser erstes Date. Den Umständen entsprechend." Er lachte wieder kurz auf. Der Wein schmeckte nicht schlecht, leider kickte er richtig rein, da ich schon ein halbes Jahr kein Alkohol mehr trank. Würde ich es bereuen? Um kein peinliches Schweigen ertragen zu müssen, stellte ich ihm ein paar Fragen, die mich verfolgten. „Also ... wieso kannst du dir das hier alles leisten?" Er nahm noch einen Schluck seines Weines.

„Ich bin jedenfalls kein Pornodarsteller, wie du anfangs dachtest. Mir gehört eine Bank, die ich von meinem Vater geerbt habe. Er ist vor ein paar Jahren gestorben. Bevor du denkst, ich sei ein verwöhntes Gör, der Geld in den Arsch geschoben bekommt, muss ich dich enttäuschen: ich arbeite selber in dieser Bank und habe viel zu erledigen." „Also willst du mich überzeugen, dass du das verdient hast? Wieso?" Ich sah ihn prüfend an. „Ich will nicht, dass du schlecht von mir denkst. Aber jetzt bin ich dran. Wieso arbeitest du als Kellnerin in diesem Café?" Ich trank dieses Mal mein Wasser aus, um meinen trockenen Hals zu lösen. „Ich mag das Café. Ich versuche, Geld anzusparen, um ein eigenes Lokal zu eröffnen." „Uh, interessant. Wie alt bist du?" Überrascht sah ich in seine Augen. „Wieso? Bist du so alt, dass du Angst hast, ich sei zu jung?"

Lachend schüttelte er den Kopf. „Nein, ich bin erst 29 und glaube auch nicht, dass du minderjährig bist. Es überrascht mich nur, dass du ein eigenes Geschäft auf die Beine stellen willst, da fragt man sich so was." „Ach so ... tut mir Leid, ich denke irgendwie nicht nach. Ich bin 25, nachdem ich mein Studium in Amsterdam abgebrochen habe, zog ich hierher, um neu anzufangen. Es war schon immer mein Traum, etwas eigenes zu kreieren und auf die Beine zu stellen." Wieso war ich so offen zu ihm? Seine Augen glänzen so schön, man hatte das Bedürfnis, ihnen alles erzählen zu wollen. Also fing ich an, über mein Leben zu reden, meine Träume, meine jetzige

Situation. Nachdem unser Essen ankam – tatsächlich mit edlem Besteck – hörten wir nicht auf, zu reden. Er erzählte mir, wie er hier aufwuchs und wie hart sein Leben sich verändert hat, nachdem sein Vater gestorben war. Ich fand heraus, dass er wie ich schon lange mit niemanden intim gewesen war, seit ihm seine Ex-Freundin vor zwei Jahren fremdgegangen war. Ich erzählte ihm von meinen misslungenen Beziehungen. „Warte, du hast mit ihm Schluss gemacht, weil er deinen Geburtstag vergessen hat?

Das ist hart!" Lachend trank er nun seinen letzten Schluck Wein aus. „Nein! Es war quasi der letzte Tropfen, der das Fass zum Überlaufen brachte. Wir hatten viele Probleme, angefangen bei seinem Geflirte mit anderen Frauen. Er liebte mich einfach nicht mehr, und ich irgendwie auch nicht." Mittlerweile war ich gesättigt und musste sagen: das war die beste Pasta, die ich je gegessen hatte. Leider war der Wein aber auch so gut, dass ich doch ein paar Gläser mehr trank. „Das ist normal. Irgendwann lebt man sich halt auseinander." Mich überraschte es, wie ernst er sein konnte.

In der letzten Stunde hatte ich ihn so gut kennenlernen können, sodass er nicht mehr irgendein

Fremder war, sondern Dave. Ich konnte den Dave kennenlernen, mit dem ich meinen ersten One Night Stand hatte. Naja, so gut es an einem Abend zumindest ging. „Was hältst du davon, das Gespräch bei mir weiterzuführen?

Oder willst du deinem Stalker deine Adresse verraten, damit er dich nach Hause bringen kann?" Mittlerweile lachte ich über alles, was aus seinem Mund kam. „Zu dir klingt gut." Meine unartige Seite erhoffte sich eine Fortsetzung von dem Sex damals, aber mein Gehirn war vernünftiger. Grinsend rief Dave die Kellnerin, um die Rechnung zu erhalten. Komischerweise fühlte sich das richtig an. Seit sechs Monaten fühlte sich etwas endlich richtig an. Vielleicht hatte ich das gebraucht. Vielleicht musste ich es wieder hinbiegen, dass ich damals abgehauen war. Vielleicht plagten mich nur die Schuldgefühle. Und das hatte bestimmt nichts mit meinen plötzlichen Gefühlen zu Dave zu tun. Bestimmt nicht ...

Bei ihm zuhause angekommen, musste ich schon wieder staunen. Diese Wohnung blieb einfach immer toll. Ich setzte mich auf einen der Barhocker, Dave holte kaltes Wasser aus dem Kühlschrank, das er mir einschenkte. „Danke. Du kannst echt die

Gedanken von betrunkenen Frauen lesen." „Eigentlich nur deine. Letztes mal hast du auch dringend Wasser gebraucht." Peinlich berührt trank ich mein Wasser. „Ja, dass ich damals gekotzt habe, hat dich nicht abgehalten, mich zu dir zu schleppen." „Bereuen tue ich es jedenfalls nicht. Es war eine tolle Nacht." Er grinste mich an, ich lächelte zurück und nickte. Wir fuhren unser Gespräch wie versprochen fort und tranken alkoholfreie Getränke, die auch nicht schlecht schmeckten.

Dave war viel lustiger, als ich dachte, und es fühlte sich so befreiend an, mit ihm zu reden. Nach ein paar Stunden, die sich anfühlten wie Minuten, gingen uns die Gespräche aus. „Du hattest Recht, du hast mich wirklich mehr unterhalten als der Gin." Dabei spielte ich auf etwas von jenem Abend an. „Ja, ich sagte doch, ich sei eine fantastische Gesellschaft, Süße." „Jaja, du hast gewonnen! Es wurde eine aufregende Nacht, die ich nie -" „Ich habe gelogen ...", unterbrach er mich plötzlich. Verwirrt sah ich ihm in die Augen. Was? „Wie meinst du das? Wobei gelogen?" Er atmete tief aus, dann nahm er meine Hand in seine. „Ich habe dich nicht gesucht, um dich zu fragen, warum du gegangen bist. Ich habe dich gesucht, weil ich seit jener Nacht an nichts anderes denken konnte als an dich. Ich war damals nur zufällig in dieser Bar. Ich war dort mit meinem Kumpel, den du mit mir gesehen hast. Er hat mich gezwungen, mit ihm dahin zu gehen, damit ich mal aus meinem Arbeitsstress rauskomme und vielleicht mich wieder an Frauen herantraue. Denn seit meine Ex mich damals betrogen hat, war ich nicht mal in der Nähe von irgendeiner Frau. Also waren wir dort, und mein Kumpel hat Ausschau gehalten.

Dann hat er dich gesehen und mich gezwungen, dich anzumachen. Es gelang mir miserabel, du hast mich irgendwie vom ersten Moment an umgehauen. Ich hatte das große Verlangen, mit dir zu tanzen, ich war wohl so betrunken, dass ich mir eingebildet habe, dass es zwischen uns gefunkt hatte. Nach dem Tanz hatte ich echt keine Hintergedanken mehr, da es dir so schlecht ging. Ich war selber überrascht, als du mich später küssen wolltest, und ab da hat sich mein Verstand verabschiedet. Wir hatten plötzlich Sex, und ich fand es sehr toll, ich habe mich noch nie so erfüllt gefühlt. Als ich am nächsten Tag aufwachte, warst du nicht mehr da, was mich sehr verwunderte. Deswegen habe ich dich in dieser Bar gesucht. Ich wollte dich kennen lernen, ich wollte mich vergewissern, dass es nicht an mir lag, und mein Unbehagen beseitigen. Ich träume ständig von dieser Nacht und kann nicht in Worte fassen, wie bescheuert ich mich fühle, dir das jetzt alles zu erzählen ..."

Verblüfft starrte ich ihn an. Mein Herz schlug schon ins unermessliche, ein großer Teil war erleichtert, aber ein anderer fühlte sich schlecht. „Es ... es tut mir leid, dass ich damals abgehauen bin ... ich hatte Panik bekommen und wusste nicht, wohin mit meinem Kopf. Ich habe auch seitdem von jener Nacht geträumt, du hast mich in meinen Gedanken nicht mehr losgelassen. Aber ich hatte so große Angst vor dem Gefühl, das ich hatte, sodass ich versuchte, dir aus dem Weg zu gehen ..." Er nahm mein Gesicht in seine Hände. „Aber was denkst du jetzt? Willst du mir aus dem Weg gehen? Oder willst du mehr ...?"

Die letzte Frage war nur ein Flüstern, denn er war schon wieder mit seinen Lippen verdammt nah an meinen. Wieso hatte ich damals so eine Panik? War es verwerflich, mit einem Fremden ins Bett zu gehen? Wenn die Lust einen praktisch überflutete und man ein Verlangen wie nie zuvor hatte? Wenn der ganze Körper vibrierte und die Haut heißer wurde, viel heißer? Ich hielt es kaum aus, ich wollte ihn, jetzt, sofort. Wie in jener Nacht. Also lächelte ich nur und zitierte ihn. „Wenn du mich jetzt küsst ... kann ich mich nicht zurückhalten."

Er fing auch an zu grinsen, legte seine Hand an meine Taille und zog mich an sich, seine linke Hand legte er an meine Wange, damit umschloss er die rechte Seite meines Gesichts und küsste mich so leidenschaftlich, wie er nur konnte. Ich umschlang meine Arme um ihn, er hob mich leicht an. Wir küssten uns, als wäre unser Leben daran gebunden, zwischendurch holten wir kurz Luft, sahen uns in die Augen und verzehrten uns wieder. Als wir uns wieder einmal lösten, atmeten wir beide schwer. „Wieso ziehen deine Lippen mich nur so an ...?", fragte er flüsternd und strich mit seinem Daumen langsam über meine Lippen.

Ich starrte auch auf seine verdammt verführerischen Lippen und glitt mit meiner rechten Hand unter sein Hemd. Er stöhnte leise auf, woraufhin ich anfing, seine Brustmuskeln hochzufahren. „Knöpf es auf." Ich sah zu ihm hoch und nickte leicht. Als ich anfing, sein Hemd aufzuknöpfen, streichelte er meine Oberschenkel, indem er unter das Kleid wanderte und sogar irgendwann auf meinen nassen Slip stoß. Ich zog ihm das Hemd aus und fing an, seine Brust zu küssen. Ich wanderte nach unten, und ehe ich mich versah, kniete ich vor ihm und zog an seiner Hose. Während ich sie ihm auszog, beobachtete ich ihn ganz genau. Wie er sich auf die Lippen biss, wie sich seine Pupillen vor Lust weiteten, wie er mich an der Schulter packte.

Fertig mit seiner Hose, schmiss ich sie in eine Ecke und fasste seinen Penis durch die Boxershorts an. „Verdammt, Anna, du quälst mich!" Er klang erregter, als ich erwartet hatte, und es erregte mich nur noch mehr, von seinen Lippen meinen Namen gehört zu haben. Aber das beste war, dass ich ihn in der Hand hatte – er war verrückt nach mir. Also erlöste ich ihn, zog ihm den nervigen Stoff aus und nahm seinen Penis nun in meine Hand. Sofort reagierte er mit einem Stöhnen und ich spürte, wie er in meiner Hand pulsierte. Nun machte ich etwas ganz Unerwartetes – ich nahm ihn in den Mund und fing an zu saugen. „Gott!" Ich leckte seiner Länge entlang und nahm ihn wieder in den Mund. So wiederholte ich es ein paar mal, er verlor so viele Lusttropfen, ich wette, er hatte auch schon lange keinen Blowjob bekommen. Siegesreich grinste ich in mich hinein, doch plötzlich hob er mich hoch, fing an, mich zu küssen, und lief mit mir Richtung Schlafzimmer. Dort warf er mich, wie damals, aufs Bett, doch dieses Mal gab es kein Entkommen.

Er hielt meine Hände fest über meinem Kopf, mit der anderen Hand glitt er Richtung Slip, den er mir schnell auszog. Keine Sekunde später spürte ich seine Finger an meinem Kitzler, was mich zum lautem Stöhnen brachte. „Du bist aber geschickt …", komplimentierte ich ihn. „Ich kann noch viel mehr." Ich spürte seinen Finger in mir und mein Verstand war nun komplett ausgeschaltet. Ich schloss meine Augen und bemühte mich, nicht zu laut zu sein, was mir leider nicht gelang.

Ich stöhnte so laut, nun hatte er mich unter Kontrolle. „Deine Hände bleiben oben. Hast du verstanden?" Ich nickte schnell und spürte, wie er versuchte, mir das Kleid auszuziehen. Am Ende schnappte er auch noch meinen BH, sodass ich nun komplett nackt unter ihm lag. Er fing an, mich überall zu küssen, und ich merkte erst jetzt, dass mir dies gefehlt hatte. Ich hatte mich nur so leer gefühlt, weil ich mehr von seinen Berührungen wollte, mehr von seinen Küssen, mehr von ihm. Ich spürte seine Lippen überall, an meinen Seiten, meinen Brüsten, meinem Bauch, und plötzlich fühlte ich, wie er anfing, meine Klitoris zu küssen. Er benutzte nach einer Weile seine Zunge, was mich noch lauter werden ließ. Er leckte mich so gut, ich hatte das Gefühl, ich würde bald zum Orgasmus kommen.

Aber bevor ich etwas sagen konnte, fühlte ich seine Lippen wieder auf meinen und ich hörte, wie er ein Kondom über seinen Penis zog. Er sah mir in die Augen und küsste meine Stirn, ehe er in mich stoß. Wir stöhnten beide gleichzeitig auf. „Verdammt, hattest du nach mir niemanden mehr? Du bist genau so eng wie damals. Gefällt mir", sagte er erregt und zog mich wieder in einen heißen Kuss, während er immer wieder, immer härter in mich stoß. „Ich will... dich von hinten ficken ...", sagte er deutlich außer Atem. Ich nickte, was für ihn ein Zeichen war, mich umzudrehen. Ich war nun in Position, sodass er mich doggy nehmen konnte. Es fühlte sich sogar noch intensiver an, als er in mich eindrang. Er küsste meinen Rücken, fasste meine Hüften an und gab mir sogar einen Klapser auf den Po, während er gleichmäßig und schnell in mich stieß. All das habe ich noch nie in meinem Sexleben erlebt, und es jetzt zu erleben, berauschte mich so sehr, dass ich schon langsam schwarz sah. Mein Körper hörte nicht auf, zu pulsieren, mit jedem Stoß war ich dem Höhepunkt näher, mit jeder Berührung betäubte er meine Sinne immer mehr und mehr und mit jedem Kuss verlor ich immer mehr und mehr an Kontrolle ... und ehe ich mich versah, kamen wir beide wieder gleichzeitig zum Orgasmus und sackten erschöpft zusammen ...

Leichte Berührungen auf meinem Rücken weckten mich aus meinem tiefen Schlaf. Ich öffnete langsam meine Augen und sah mich um. Dabei sah ich in Daves braune, sanfte Augen. „Du hattest nicht vor, wieder abzuhauen, oder?" Er sah mich besorgt an. Ich musste bei diesem süßen Blick einfach lächeln. Es war eine verdammt gute Entscheidung, mich auf ihn einzulassen. Und ich war froh, dass er damals mit mir tanzen wollte ... „Nein, das hatte ich nicht." Zufrieden zog er mich in seine Arme. Er umschlang mich und küsste meinen Kopf. Mein Herz klopfte wieder wilder. Da bemerkte ich es. Ich hatte mich in ihn verliebt ...

Herstellung und Verlag:
BoD – Books on Demand, Norderstedt
ISBN: 9783753422008

© Elena Morelli 2020
1. Auflage
Kontakt: Psiana eCom UG/ Berumer Str. 44/ 26844 Jemgum
Covergestaltung: Fenna Larsson
Coverfoto: depositphotos.com